이 책을 읽는 법

최초에 당신은 닫혀 있는 당신의 마음부터 열어야 합니다. 교과서에서 배운 제반 고정관념도 버리십시오.

이 책은 물속에서 일어나는 일입니다. 당신의 모습이 여기에 거꾸로 비쳐도 결코 노하지 마십시오.

사람들의 말소리는 모두 거꾸로 인쇄되어져 있습니다. 그러나 책을 거꾸로 돌리지 말고 당신의 위치를 바꾸십시오. 자유로운 것은 바로 당신이니까요.

사부님 싸부님

이외수 우화상자

사부님 싸부님 1

해냄

* 물 속에 등장하는 당신의 모습들

하얀 올챙이 한 마리

까만 올챙이 다수

달팽이, 잉어, 송사리, 붕어, 연어, 블루길, 지렁이, 플랑크톤, 거머리, 납자루, 피라미, 버들개, 금붕어, 돌고기, 가물치, 개구리, 뱀, 물풀, 쓰레기들, …… 그리고 바다.

우주의 모든 것은 바로 이 그림 하나 속에 들어 있도다.

피해망상증 환자에게는 이것이 총구로 보이고
배금주의자에게는 이것이 엽전으로 보이고
안과의사에게는 이것이 눈알로 보이고
사격선수에게는 이것이 과녁으로 보이고
어부에게는 이것이 문어의 흡반으로 보이고
아낙네에게는 이것이 단추로 보이고
학생에게는 이것이 연필 뒤꼭지로 보이고
주정뱅이에게는 이것이 술병 뚜껑으로 보이고
호색한에게는 이것이 여자의 그걸로 보일는지도 모르지만
떽!
결코 그런 것들은 아니다.

우리들 절대존재이신 하느님께서는 전지전능하심으로
전우주만물을 손수 창조하셨나니
세상의 미물 하나라도 하찮은 것이 없도다.
인간에게 설움받는 모든 것들이여 슬퍼 마시라.
어차피 삼라만상이 하나에서 태어나 하나로 돌아가리니
바로 이 간단한 그림 하나의 의미를 마음으로 음미해 보라.

◉

이것은 전우주 공통의 기호로서 법이며 곧 진리이니 이것을 밝히 아는 자는 깨달음을 얻는 자로다.

여기에는 소우주와 대우주가 들어 있고 생성과 소멸이 들어 있고 음과 양이 들어 있고 사랑과 증오가 들어 있고 먼지와 별이 들어 있고 밥과 똥이 들어 있도다.

그대가 그 어떤 대상에게든 마음을 주어보라. 곧 이러한 모양으로 표현이 될 것이다.

그러니까 그대의 주변은 온통 이러한 모습을 하고 있다.

우주라는 것을 너무 어렵게 생각지 말라.

그대도 바로 하나의 우주이니.

마음의 눈이 뜨이지 않는 자에게는

언제나 큰 것 안에 작은 것이 들어 있으나

마음의 눈을 뜨고 들여다보라.

반드시 작은 것 속에는 큰 것이 들어 있도다.

그대여,

만약 그대도 마음의 눈이 뜨여 있다면 인정하리라.

작은 먼지의 입자 하나도 얼마나 거대한 우주인가를.

생로병사(生老病死)에도 너무 마음을 얽매이지 말고
의식주(衣食住)에도 너무 마음을 얽매이지 않는 것이 좋다.
삼라만상(森羅萬象)이 모두 한결같거늘
그따위에 어찌 마음을 얽매일 것인가.
그대가 사랑하는 모든 것이 영원하지 않으며
그대가 근심하는 모든 것이 영원하지 않다.
오직 영원한 것은 공(空) 그 자체일 뿐이다.
그러나 대개의 인간들은 살아가면서 차츰 도태되어져
너무 큰 소리도 듣지 못하고 너무 작은 소리도 듣지 못한다.
너무 큰 것도 보지 못하고 너무 작은 것도 보지 못한다.
너무 빠른 것도 보지 못하고 너무 느린 것도 보지 못한다.

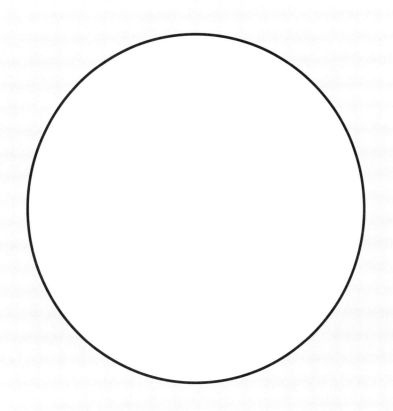

무엇을 사고할 때도 언제나 자기네 방식대로만 사고한다.

화성에서는 물과 공기가 희박해서 생명체가 존재하지 않으리라는 사고방식이 그 한 예이다.

하지만 화성인들이 있다면 뭐라고 하랴. 지구에는 물과 공기가 너무 많아서 생명체가 존재하지 않으리라고 말할 것이다.

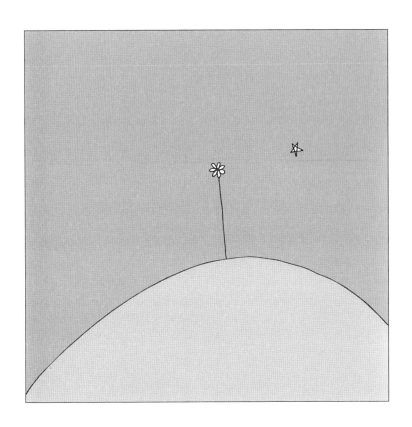

고정관념이란 영원히 수정을 요하는 것이다.

따라서 고정관념이란 고정되어 있지 않은 관념이다.

언젠가는 수정되어서 다른 관념으로 바뀌어진다.

한때 세상 사람들은 하늘이 돈다고 생각했었다.

그러나 코페르니쿠스는 말했다.

지구가 돈다고.

그때부터 하늘은 멎어버리고 지구가 돌기 시작했다.

그대여.

그대 역시 현재의 고정관념 밖으로 탈피해 보라.

어쩌면 그대는 그 순간부터 현자가 될 수 있는지도 모른다.

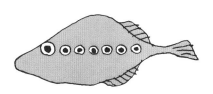

이것이 무엇이냐? 빈대떡이냐?

천만의 말씀,

여기는 대한민국 강원도 어느 두메산골의 작은 웅덩이다.

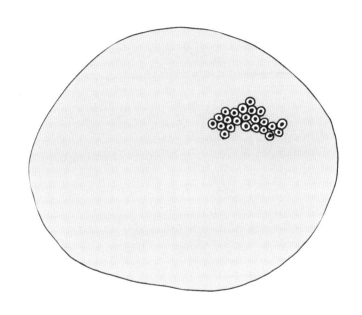

바로 하나의 우주인데
여기에도 인간들의 눈에는 보이지 않는 것들이
끊임없이 탄생하고 소멸해 간다.

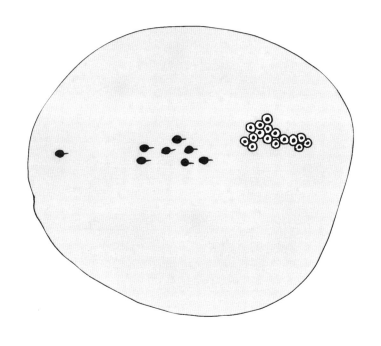

어느 날 이 웅덩이 속에서
한 무리의 올챙이들이 탄생했는데
그중에 돌연변이 한 마리가 끼어 있었다.

다른 놈들은 모두 까만 올챙이였지만 유독

그놈만이 하얀 올챙이였다.

이 한 마리의 하얀 올챙이는 어느 청개구리 부부 사이에서 태어난 513남 412녀 중 막내로 ⚲이었다.

의심하지 마시라.

인간의 유전공학적 재능으로만 포마토가 만들어지고 라이거가 만들어지는 것이 아니다.

자연은 아무런 연구나 경비를 들이지 않고도 얼마든지 오묘한 생물을 새로이 탄생시킬 수 있다.

포테이토 + 토마토 = 포마토
라이온 + 타이거 = 라이거

하지만 인간들이여,
포마토와 라이거를 합성해서 포라마이토거라는 괴물은 영원히 만들 수 없을걸?

하지만 위대하여라.

꿈이라는 장르여.

도대체 불가능이란 이곳에는 없도다.

○─

그 한 마리의 하얀 올챙이는 다른 올챙이들과는 달라서 어릴 때부터 제법 형이상학적으로 놀았는데 어리석은 인간들이라면 보고 배울 점도 많았더라.

그 올챙이는 커서 오른쪽과 같은 모양이 되었는데

두 개의 원과 한 개의 점, 그리고 짤막한 선 하나로 표현할 수가 있더라.

대우주 안에 소우주, 그 안에 자아, 그리고 운명이 꼬리처럼 붙어 있다고 보면 어떤는지.

여기가 어디라고 했더라.

강원도 두메산골의 어느 작은 웅덩이라고 했었지.

그대여 여기다 점 하나를 찍어보시라.

그리고 어떤 의미이든 부여해 보시라.

이런 일을 자주하면 그대도 도인이 되어버릴지도 모를 일이다.

그 옛날 중국에서는 우리나라를 군자국으로 우러러 흠모하였고,
신선이 사는 나라라 하여 동경해 마지않았다는 사실이 그들 나라
의 문헌으로도 아직까지 남아 있는 바.

믿으시라.

오늘날에도 깊은 산중에는 도인들이 마음과 영혼을 맑게 닦으면서
선경을 넘나들고 있다는 사실을.

하얀 올챙이가 태어난 그 웅덩이에는 밤이면

뜬구름 조각달 산그림자가 거꾸로 비치고

풀냄새 꽃향기 벌레소리 은은한데

가끔 노인과 동자가 산복숭아 꽃그늘 밑에 앉아

도란도란 평화로이 문답하는 소리

하얀 올챙이는 커가면서 그 문답하는 소리를 통해

많은 것을 배우고 깨달았더라.

그 문답 속의 내용들은 다양하기 그지없어서

이 지구상에서 일어나는 일들은 물론이요,

전우주에서 일어나는 일들까지 모두 소상하더라.

그런데 한 해가 지나고 두 해가 지나도 이 한 마리의 하얀 올챙이
는 전혀 더 이상 발육을 하지 않았더라. 그래서 처음에는 극심한
열등감과 소외감으로 날마다 자살만 생각했더라.

그러나 문답하는 소리를 들으며 이 한 마리의 하얀 올챙이는 그 노
인을 마음의 스승으로 모시기 시작했으며 차츰 도(道)라는 것에
대해 관심을 기울이기 시작했더라.

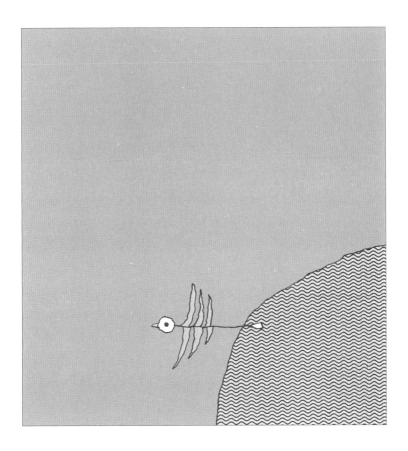

모름지기 이 세상에 태어나는 것들은 태어나는 것들대로 저마다의
의미가 있고 죽어가는 것들은 죽어가는 것들대로의 의미가 있는 법.
그대여 앞으로 이 올챙이에다 무슨 의미이건 한번 부여해 보시라.

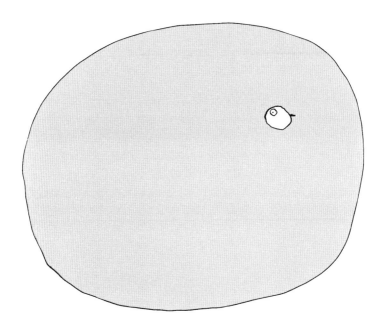

먹이 사슬의 제일 위쪽은 인간이라지.

하지만 그 때문에

인간이 만물의 영장인 것은 아니라네.

인간이 만물의 영장일 수 있는 이유는

인간이 만물을 사랑할 수 있기 때문이라네.

그런데도 일부 몰지각한 인간들은

다른 동물들에게 갖은 악행을 다 저지른다지.

특히 우리들 올챙이에게는 어떤가?

실험관찰을 한답시고

알에서 개구리에 이르기까지 거의
한평생을 괴롭힌다고 한다.

그건 올챙이를 아주 우습게 보는
처사가 아니고 무엇이랴.
하지만 그건 정말로 개구리 올챙이 적
시절을 모르는 처사.
자기들도 아주아주
어렸을 적엔

생긴 게 뭐 우리와 별다른 게 있었나!

사부님의 말씀을 들어보면

인간은 끊임없이 무엇을 발견하고 만들어내지.

그리고 자기들이 발견하고

만들어낸 것 때문에 고민하지.

플라스틱을 만들어내고 플라스틱 때문에 고민하고
폭탄을 만들어내고 폭탄 때문에 고민하고
심지어는 고민까지 만들어내어
그 고민 때문에 고민하지.
그러다 결국은 자기네들이
만들어낸 것들에 의해서 죽어가지.

가련하여라 인간이여.

올챙이의 입장에서 인간을 뒤돌아보면

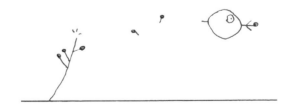

인간보호 캠페인이라도 벌여주고 싶은

심정이라니까.

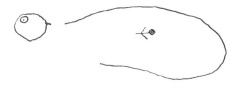

인간들 중에서

간디 같은 비폭력주의자가

나왔다는 건

아직도 인간에게서 신이 등을 돌리지
않았다는 뜻일까?

그런데 언젠가 간디의 사진을 보니까
간디는 이빨이 다 빠져버렸더군.

얼마나 간디다운 일인가.

이빨이 없는 동물이야말로

진정한 비폭력주의적인 동물이거든.

이 올챙이는 날이 갈수록 차츰 많은 것을 생각하기 시작했고
마침내 영원히 개구리가 되기를 거부한 채 바다로 떠날 것을 결심
하게 되었더라.

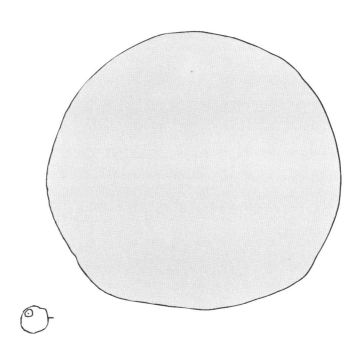

인간들이여 올챙이의 신분으로 개구리가 되기를 거부했다고 결코 분노하지 마시라. 곰은 곰을 낳고 쥐는 쥐를 낳는다. 매는 매를 낳고 거위는 거위를 낳는다. 올챙이가 올챙이를 낳지 않고 반드시 개구리가 되어야 하는 이유가 무엇인가?

그대가 만약 생활이 자유롭고 싶으면 우선 그대의 사고(思考)부터 자유롭고 볼 일이다.

이 한 마리의 하얀 올챙이는 바다로 가기 위해 웅덩이를 이탈하여 비탈진 계곡을 지나 고독한 유영으로 여기저기를 유리표박(流離漂泊)하다가 이윽고 어느 드넓은 저수지에 당도했는데……

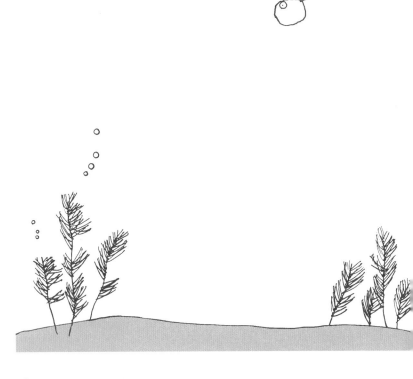

거기에는 얼마나 많은 동식물과 얼마나 많은 경이로움이 산재해 있었던지 보고 듣는 것이 한결같이 새롭더라.

엄마 저게 뭐지?

음 저게 바로

U.F.O라는 거란다.

저수지에 당도해서 며칠 동안 이 올챙이는 자신이 그리워하는 바다에 관해서 함께 얘기할 수 있는 상대부터 찾아 헤매기 시작했더라.

그러나 누가 저수지에서 바다를 말할 수 있으랴.

한결같이 눈앞에 보이는 것만 챙기기에 급급한 동물들뿐.

바다를 아시나요, 잉어님?

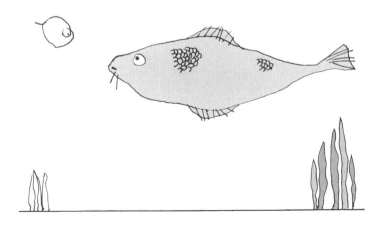

바다가 뭐냐? 먹는 거냐?

 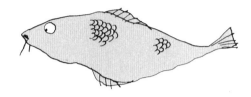

수염이 아깝다.

수염이 아까워.

 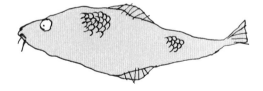

애야, 이 저수지에선

그런 거 몰라도 된단다.

헌데 저건

무슨 동물인지

모르겠군.

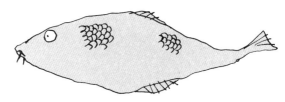

혹시 바다를 아십니까?

아마 이 동네에선

살지 않을 걸.

그렇겠지.

바다를 알 수가 없겠지.

하지만 누가 말했던가.

모든 길은 로마로 통한다고.

그 옛날

나의 스승이셨던 노인께서 말씀하셨네.

또한 모든 물은 바다로 통한다고.

그런데도 오직 눈앞에 있는 현실에만 마음이 급급해서
모든 길이 오로지 먹이로만 통하는 저것들이
어찌 바다를 생각이나 해보았으랴.

달팽이님은 혹시 바다를 아십니까?

바닥?

항상

바닥에 기니까 바닥밖에 모르지.

모두가 제 잘난 멋만 가지고 사는군.

차라리 바다한테 가서 물어보는 게 한결

낫겠어.

이상하게 생긴

물고기로군.

이상하게 생긴

물고기로군.

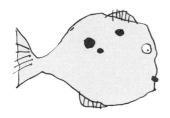

저, 처음 뵙는 물고기님

혹시 바다를 아십니까?

나는 블루길이라는 물고기야.
북아메리카에서 실려와
최근 한국에 방류되었지.

사람들이 말하는 외제로군요.
그런데 혹시 바다를 아십니까?

바다라니 빠다 말이냐?
그건 일본식 발음이지.
본토 발음으로는
버터란다.
인간들이 먹는 거지.

헌데 넌 어떤
물고기냐?
내가 잡아먹고 싶은데
뭔지를 몰라서
망설여지는구나.

난 물고기가 아니라 한자어로
현어(玄魚)라는 동물인데

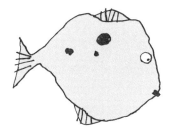

사고하기 때문에 고로 존재하는
동물이죠.

한국말로는 올챙이.
그러나 먹어서는 안 됩니다.

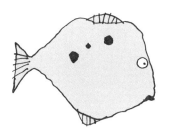

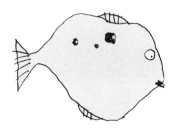

이 지구상에
단 한 마리밖에 없어요.
먹고 난 다음에
어떻게 될지는
아무도 모르죠.
아직까지는 먹어본
자가 없으니까요.

어쩐지
먹기엔 켕기는 데가 있군.

그런데 자세히 보니 너는 비늘도 없고 지느러미도 없군.

비늘이 없으면 무엇으로 수압이나 수온의 변화를 알며

지느러미가 없으면 무엇으로 헤엄을 치냐?

헤엄을 친다고 하더라도 좌회전 우회전은 어떻게 하며

급상승과 하강은 어떻게 하나?

또 우라지게 기분이 좋을 때

점프는 어떻게 하며 프러포즈를 할 때는 어떻게 하나?

아가미는 있냐?

내장은?

부레는?

생식기는?

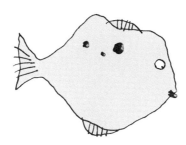

원 별놈 다 보겠네.
그런 쓸데없는 일 따위에
신경 안 쓰고 사는 게
바로 내 긍지인 줄 모르고.

긍지란 좋은 것이라네.

하지만 자만심을 가지지 않도록

조심해야겠네.

그런데 인간들의 속담 중에는

지렁이도 밟으면 꿈틀한다는 말이 있지.

그건 자존심에 관한 말로 해석되어질 수도 있어.

지렁이 지렁이 불쌍한 지렁이

지렁이는 얼마나 착한 동물인가.

인간들이 공연히 지렁이를 싫어하지만

지렁이야말로 평화주의자라네.

날카로운 발톱도 없고
독침도 없다네.
이빨이나 부리조차 없다네.
누가 화를 내거나 싸움을 하는
지렁이를 보았는가?

그는 외로운 은자(隱者)
어둡고 습기 찬 두엄더미 속이나 흙 속에서 산다네.
밖으로 나오면 곤충들도 새들도
그의 천적이라네.

하지만 그가 먹고 토해낸 흙은 옥토 중의 옥토.
오늘날 당장의 이익에만 눈이 어두워
무계획적으로 농약과 비료를 땅에다 퍼부어서
순식간에 옥토를 박토로 만들어버리는
인간들보다야 몇 배나 자연을 사랑하지.

더러운 두엄더미 속이나
시궁창에 산다고
인간들이여,
너무 비천하게 보지 마시라.

일찍이 그대들의 철인
아리스토텔레스는 지렁이를 일컬어
대지의 창자(創者)라고 말했거늘
무엇이 비천한가?

작금에 이르러 만물의 천적이 되어버린
인간들이여, 지렁이의 생태에서 더러
본받을 점을 발견해야 하리.

지렁이

눈도 없고 코도 없는 지렁이

발도 없고 손도 없는 지렁이

뇌조차도 없는 지렁이

밟으면 겨우 꿈틀하는 정도가

고작인 지렁이

남을 한 번도 밟아본 적이

없는 지렁이

하지만 이 저수지에서는 지렁이가

제일 자존심이 강하도다.

그렇다고 누가 지렁이의 자존심을 알아나주랴.

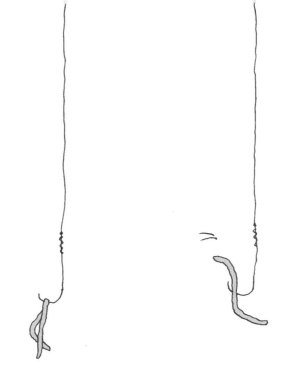

이 비참.

앗!
누군가 이리로 오고 있다.

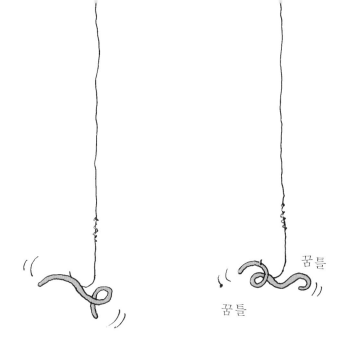

꿈틀

꿈틀

자존심을 살려야지.

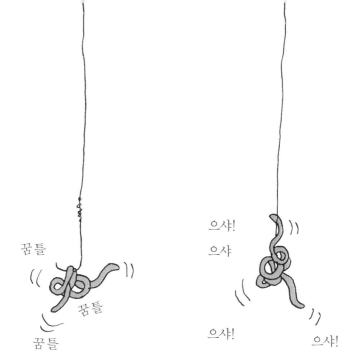

어이

뭘하고 있는 거지?

보면 모르냐.

나는 지금 물 밖에 있는

인간을 낚고 있는 중이야.

하나가 잡혔는데 너무 커서

잘 딸려오지 않는군.

이리 와서 좀 도와줘.

배가 고프군
지독하게 배가 고프군.

반드시 먹어야만 살 수 있는
동물로 태어난 나 자신에의
이 혐오스러움이여.

드디어 먹이는 발견했는데

먹을까 말까.

회상하건대

내 아버지의 친구 중에는

굶어 죽은 개구리 한 분이 계셨는데

그분은

언제나 먹고 산다는 일에 염증을 느껴

곤충을 잡을 때는 혓바닥을

아래로 말아서 잡았다는군.

그런 방법으로는 곤충을 잡을 수는 있지만

먹을 수는 없지.

다른 개구리들은 모두

그를 비웃었다네.

앗, 먹이가 스피드를 낸다.

도망치려고, 어림도 없지.

끼놈!

배가 고파 죽겠는데 놓칠소냐.

먹었다!

호록

먹긴 먹었는데

부끄럽구나, 자존심이 상하는구나.

지금 생각하니 내 아버지의 친구분은

어느 정도는 철학적으로

살으신 거야.

그러던 어느 날 올챙이는 괴상하게 생긴 동물 하나를 만났는데

이 동물의 초상화를 잘 보시라.

인간들 세상에도 이러한 생활습관을 가진 자들이 반드시 있으니

이런 자들을 잘못 사귀면 언제나 몸과 마음을 상하게 되는 법.

눈여겨보고 가까이 말지어다.

지렁이와 마찬가지로 이놈 역시 환형동물인데

다 같은

환형동물이기는 하지만 행실은 영 딴판이더라.

그러나 도에 이르고자 하는 자는 대장장이가 도끼를 만든 뜻쯤은 알고 있거니 모든 것이 사용하기 나름이로다. 도끼를 제대로 사용하면 따뜻한 밥을 먹고 따뜻한 잠을 잘 수 있지만 잘못 사용하면 제 발등을 찍거나 남의 이마를 깨뜨리는 수가 있도다.

비록 올챙이가 아직 도에 이르지 못했다고는 하나 남을 상대할 때, 생긴 게 기분 나쁘다고 무조건 내 마음의 문을 닫으랴. 남의 나쁜 점을 발견해도 그것을 내 삶의 한 교훈으로 삼을 수가 있는 법, 주저없이 한번 대화를 나누어보았더라.

바다에 관한 얘기를 나눌
상대를 찾는다고?

바다에 관해서라면
내가 정통하지.

그 이전에 자네 혹시

피 가진 거 좀 있나?

눈물은 있는데요.

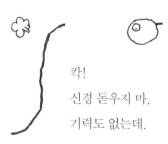

칵!
신경 돋우지 마,
기력도 없는데.

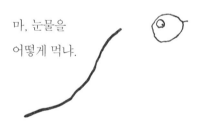

마, 눈물을
어떻게 먹냐.

배가 고파서 그러니까
조금만 헌혈을 해라.

어떻게 하는 건데요.

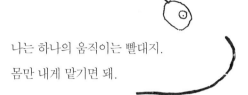

나는 하나의 움직이는 빨대지.

몸만 내게 맡기면 돼.

그렇게 하면 바다에 관한 얘기를 나눌 수

있는지요.

이래 봬도 나는

거머리야. 거머리 일언중천금 들어본 적 있겠지.

이거 원 신통치가 않군.

하도 배가 고파서
한번 먹어보려고 했더니
너무 맛이 없네.

바다는

나중에 가르쳐주지.

어때 내 헤엄치는 모습,

멋지다고 생각되지.

앗! 잠깐만

바다에는 파도가 심해서

헤엄도 파도 모양으로 치는 거야.

놓쳐버렸네.

회자정리(會者定離),

만나면 헤어지기 마련이지만

모처럼 바다에 관해 얘기를 나눌 수 있는
기회였는데

거 묘하게 생긴 동물이
나를 약 올리는군.

바다에 대한 얘기는

한마디도 듣지 못하고 오늘 진짜로 피만 봤네.

이건 무슨 동물이지?

거머리하고 비슷하기는 한데

가도가도 끝이 없네. 이렇게 자라려면 몇 십 년은 살아야 하겠는데.

휴 이제야 끝났군.

헌데 여기가 머리 부분인가?

저 말씀 좀 묻겠는데요.

혹시 바다를 아시는지요.

계속 침묵만 지키고 계시네.

촌놈! 그건 전선줄이라는 거야.

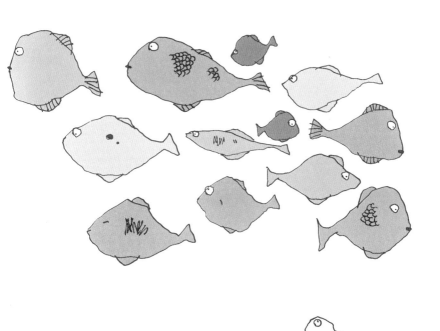

저들은 바삐 헤엄쳐 어디로 가는가?

이상도 현실도 모두 나와는 다르구나.

이토록 드넓은 저수지 속에 나처럼

이상의 바다를 그리워하는 자가

하나도 없다니.

진실로 고독하도다.

고독이란

누군가 곁에 있다 해도

결코 사라지지 않는 것.

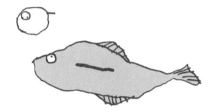

고독이란 군중 속에 있을 때 더더욱 사무치는 것.

한복판에 있어도
고독하고

수면에 떠 있어도
고독하고

가라앉아 있어도
고독하고

구석에 박혀 있어도
고독하고

이 병을 어이 할꺼나.

혹시나 해서 금 밖으로 나와보니
역시나 더더욱 고독하군.

아예 나는 사라져버릴까.

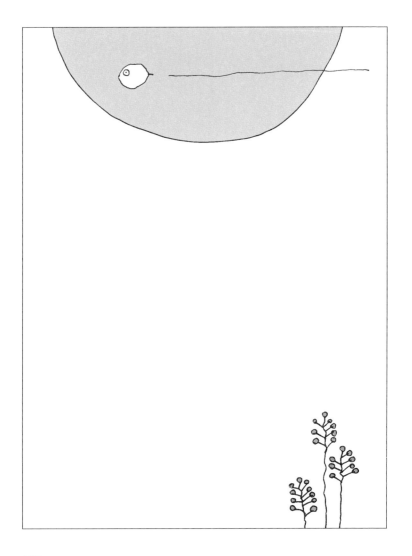

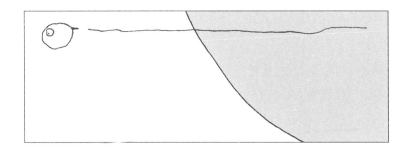

누가 물에 비친 달 속을 통과하는
이 낭만을 알 수가 있으랴.

그 한 마리의 하얀 올챙이는 고독했으므로 점차로 더 고독했으며 점차로 더 고독했으므로 또한 극도로 고독했더라.

그는 친구를 하나 사귀어 봐야겠다고 마음 먹었도다.

아, 친구란 얼마나 좋은 것인가?

인간들은 좋은 친구를 한 명 얻는 것이 재상의 벼슬을 얻는 것보다 낫다고 했다.

돈과 명예와 권력을 그토록 좋아하는 인간들이 아직까지도 더러 그런 격언을 입에 올리는 걸 보면 과연 친구가 좋기는 좋은 모양인데 도대체 이 저수지의 어느 구석에 그 한 마리의 하얀 올챙이와 친구가 될 수 있는 동물이 살고 있을까?

그는 몇 날 몇 밤을 헤매기 시작했고 그러다 제법 말이 통하는 물고기 한 마리를 만났으니,

바로 이렇게 생긴 물고기더라.

여기는 나의 연구소.

난세일수록 상식 밖의 일들이 속출하고
도처에 뛰어난 인재들이
군웅할거하듯이

모든 물이 차츰 오염되기
시작하면서
별난 놈들도 많이
생겨났는데

나도 그중의 하나로서

인간에 대한

연구를 하고 있지.

인간들은 무엇이든
물에 처넣기를 좋아하지.

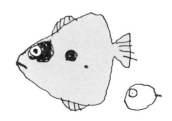

먹은 뒤에도, 마신 뒤에도

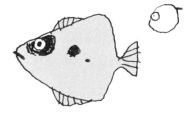

뱉은 것도, 토한 것도

신문이든, 잡지든

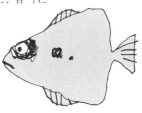

똥이든, 오줌이든 가리지 않고
물에다 처넣는다니까.

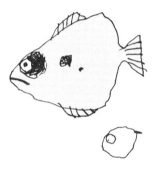

때로는 하나밖에 없는
목숨까지도!

인간들은

내 말은 전혀

못 알아들어도

나는 한국말 정도는

달통했지.

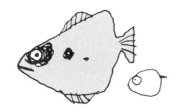

한글도 모두 판독할 수 있어.

개중에 마음에 드는 단어는

ILL HY HL

영어가 아니라 정말로 한글인데
무슨 뜻인지 반대편에서 한번
읽어보시라.

유행이란 참으로 무서운 거

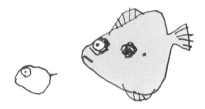

물가에 놀러 나온 인간들의 대화나

물 속에 떨어져 있는 신문지 조각을
읽어보면

미국 대통령이 한국에 와서
주한 미군들과 조깅을 했고

삽시간에 그게 한국 땅 전역에

유행된 모양인데

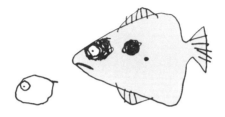

미국 대통령이 했다니까 괜히

허영심으로

따라하는

거라구.

조깅은 원래 해 뜰 무렵

내가 운동 삼아 하던 건데 말야.

인간들은

과학이 극도로 발달했다고 말하지만 아직 멀었지.

정말로 과학이 발달했다면

옷 따위는 전혀 필요가 없어야 해.

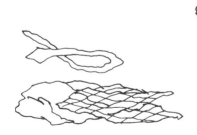

우리처럼 장소에 따라

보호색을 가질 수가 있어야지.

옷에 대한 유행은 보호색을 가질 수 없는

인간들의 열등감에서 비롯되어진 것이지.

가죽을 보호한다는 구실도 이차적인 문제야.

비늘이 없으니까 해보는 소리라구.

인간들의 과학이

정말로 발달하려면

과학을 없애는

과학부터 발달해야지.

헌데 인간을 산 채로 잡아다 놓고 연구할 수가 없으니
신경질 난단 말씀야.

가만 있자.

인간에 대한 나의

방대한 지식을 알았음에도 불구하고

넌 내게 전혀 존경심을 느끼지 않냐?

존경심이라고?
자신의 연구 대상에 대해 전혀
애정을 느끼지 못하는 학자에게
나는 존경심을 느끼지는 않아.
너는 마치 네 연구 대상을
헐뜯기 위해서만
열심히 자료들을
주워 모은 것 같거든.

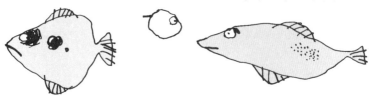

그렇다면 나는 어떠냐?

나는 너희들 올챙이의 장래문제를
연구하는 물고기지.

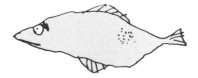

그런 물고기가 있었다니 정말로 반갑군요.

그래 우리들 올챙이의 장래는 어떻습니까?

한마디로 말해서 절망적이지.

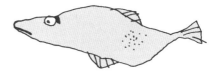

앞으로 모든 올챙이는 멸종하고 말 거야.

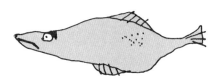

오염문제도 심각하지만 더 심각한 건 얼마 전부터
인간들이 개구리까지 맹렬히 잡아먹기 시작했다는
사실이야. 뭐 정력에 좋다나?

대책은 있습니까?

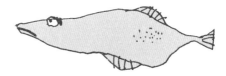

있지. 아주 간단해.

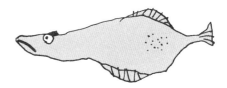

개구리나 올챙이가

인간을 먼저 먹어치우는 거라구.

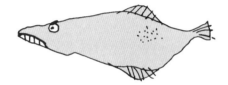

한결같군.

모두가 살기등등해.

.

하지만 생명 있는 모든 것들은

누가 죽어주지 않아도 스스로 죽는 법.

비록 원수라 하여도

내세를 생각하며 원한을 풀지어다.

그대 지금은 물고기지만 죄 없이
죽어 다시 환생하리니
그때는 축복받은 동물로
태어나리라.

모든 것은 반드시 죽는다는 사실.

아무리 힘센 놈도 죽고

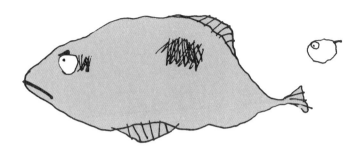

아무리 재빠른 놈도 죽고

아무리 잘난 놈도 결국은 죽는다.

공평하도다. 죽음이여.

빽도 통하지 않고 돈도 통하지 않으리니.

때가 되면 누구든 데려가는도다.

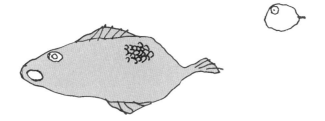

그러니 한세상 사는 것도 물에 비친 뜬구름 같도다.
가슴이 있는 자 부디 그 가슴에 빗장을 채우지 말라.
살아 있을 때는 모름지기 연약한 풀꽃 하나라도 못
견디게 사랑하고 볼 일이다.

그러나 이 세상 어디에든 그런 생각만으로 사는 자들은 흔치 않으니 슬프도다.

특히 이 저수지에서 가장 독선적이고 잔혹한 물고기의 종류가 하나 있는데 오직 먹는 것밖에는 모르더라.

사람들은 그런데도 은근히 그 물고기를 총애하는 경향이 있도다.

여자들에게 보신이 된다는 설이 있기 때문인지

생겨먹은 모습이 박력 있게 보여선지 모르지만

아무튼 낚시꾼들도 한 마리 잡게 되면 공연히 기분 좋은 표정을 짓더라.

잉어냐고?

잉어는 아니로다.

그럼 메기나 뱀장어냐고?

어허, 성미도 급하도다.

172

보시라.

이것은 가물치라는 물고기인즉

생긴 것만 봐도 침략적인 근성이 충분히 짐작되어지도다.

그러니까 그 한 마리의 하얀 올챙이와는 친구지간이 아니라 견원
지간인 셈이라.

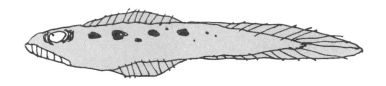

놈은 시베리아 남부에서 중국의 중앙부가 원산지인데 언제 어떻게
해서 우리들 군자의 나라에까지 흘러 들어왔는지 모르지만 하여튼
살생과 폭력을 좋아해서 어린 고기들은 물론 개구리까지도 서슴지
않고 꿀꺽해 버리는도다.

인간들 중에서도 오래 살아 있어야 할 사람들은 빨리 요절하고, 빨
리 죽어도 상관없는 사람들은 보약 먹어가면서 장수하는 경우가 있
듯이 이놈도 공기 호흡이 가능해서 산소가 부족한 곳에서도 오래 견
딘다.

자유를 사랑하는 자는 살생과 폭력을 사랑하지 않는도다. 그러나 폭력을 사랑하는 사람도 자유는 그리워하는 법. 하지만 폭력이 존재하는 한 완전한 자유란 있을 수 없도다. 왜냐하면 자유는 평화 속에서만 타오르는 횃불이기 때문이리니.

바라건대 모든 폭력주의자들에게 신의 가호가 있으라. 하지만 반드시 이 지상에서 천벌을 받은 후에 있으라.

그리고 사람들이여 명심하라.

인간적인, 진실로 인간적인 사람은 약한 자에게는 한없이 약하고 강한 자에게는 한없이 강하게 대할 줄 아는 사람이다. 그러니 생각해 보라. 그대 주변에는 그러한 사람이 몇 명이나 있는가?

나는 시적인 물고기다.

폭력과 지성은 영원히 이웃할 수 없는 법.

그런데도 이 물고기는 자주 자신이 지성적인 존재임을 주장한다.

나는 물에 떠다니는 버들잎 하나를 보아도 시심(詩心)이 발동한다.

오, 버들잎!

아, 버들잎!

어즈버 버들잎인가 하노라.

오호 통재라 버들잎은 버드나무의 잎

너만 보면 안타까운 내 마음!

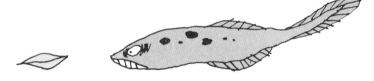

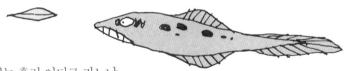

너는 흘러 어디로 가느냐.

너는 왜 하필이면

버드나무의 잎이란 말이냐.

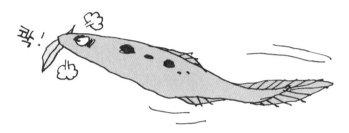

물고기였다면 좋았을 것을.

만약 모든 동물들이 먹지 않아도 살아갈 수만 있다면

과연 동물계에 영원한 평화가 도래할 것인가?

식도락을 즐기는 동물들은 말할 것이다.
그런 세계야말로 무미건조한 세계라고.

하지만 나는 가물치를 만나서 대화를 나누어보리라,
식성을 좀 바꾸어보면 어떻겠느냐고.

여기 있군.

그대가

가물치인가?

어쭈 이게 반말하네.

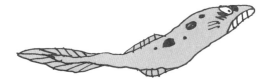

내 그대에게

긴히 할 얘기가 있어 왔노라.

나의 원산지는

군자의 나라 한국

나 역시 군자적 동물이거늘

무엄하도다.
어디에서 함부로
눈을 부릅뜨고 이를 악다무는고.

어휴,
차라리 안 보는 게 낫지.
이거야 성질이 나서 어디
견딜 수가 있나.

어허 태도 좀 보게.

그대가 강한 것을 너무 과신하지 말라.

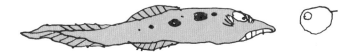

그 옛날 내가 태어난 웅덩이가에서
어느 노인과 동자가 문답하는
내용 속에 이런 것이 있었다.

동자 묻기를
가장 강한 것은 무엇이오니까?

성질만 가라앉히면 꿀꺽해 버릴 테다.

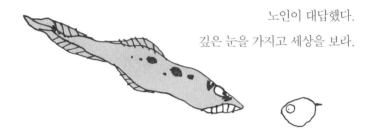

노인이 대답했다.

깊은 눈을 가지고 세상을 보라.

어이해서 물 속에 있는 돌이

둥글어지며 모래톱 속에도

쇳가루가 있느냐?

꺾어지는 것보다는
휘어지는 것이 낫고
휘어지는 것보다는
흐르는 것이 나은 법이니

처음에는 힘세고 단단한 것이
약하고 부드러운 것을
누르는 것 같으나
알고 보면 그 반대이니라.

우주 안에서 가장 강한 것은 바로 고요함 그것이니라.

고요하게 듣고만 있는 걸 보니 뭔가 깨달은 모양이군.

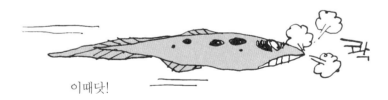

이때닷!

귀는 없고 아가리만 있는 놈이로다.

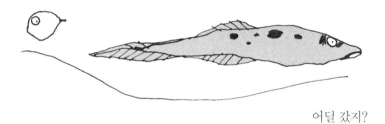

어딜 갔지?

한때 나의 열등감은

모든 올챙이들이

꼬리가 뒤에 있는데도
불구하고

뒷다리가
먼저 나옴으로 하여

전혀 균형 잡힌 몸매를 가질 수
없다는 점에
있는 것이
아니라

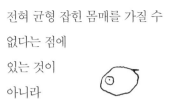

물 속에 떠다니는
 썩은 토막 밧줄만 보아도

뱀인 줄 알고

심장마비를 일으키는

조상을 두었다는 데 있었지.

야 뱜!

너 뭣하러

물 속에 들어와서 엄숙 떨고 있냐.

도 닦고 있냐.

아직 뱀이 올챙이를

잡아먹었다는 소리는 못 들어봤기 때문에

마음 놓고 말하지만 넌 짜식아 돼먹지 않았어.

왜 까부냐?

창세기 때부터 난 널 좋지 않게 봤어.

알간?

짜식, 너 앞으로
개구리들한테 조심해.
그리고 너 자신을 좀 알도록 해.
솔직히 말해서 너 좋아하는 동물은
세계적으로 드물어.

화. 이거
성질나네.

어쭈 이 미물이
감정까지 표현하는데.
가소롭군.

놈 시키
저리 꺼지지
못해!

196

너 독수리 알지.

독수리한테 이길 수 있어?

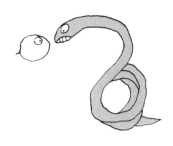

왜?

자존심이 좀 상하냐?

마, 자존심 같은 건 버려.

마음이 상하면 몸도 상한다구.

참, 너 혓바닥 두 개지.

그거 번갈아가면서 천천히 하나씩 못 내밀지.

방정맞게스리 맨날 혀나 날름거리고 짜식 별것도

아니면서 까불어.

히히

통쾌하다.

생후 처음으로 조상의 한을

풀어드렸구나.

오늘은 화창한 날씨
물 밑바닥 검은 침적토 위에도
금물무늬로 햇빛 일렁거리고
오늘도 바다를 생각하며
나는 다시 떠도네.

끝없는 여로……

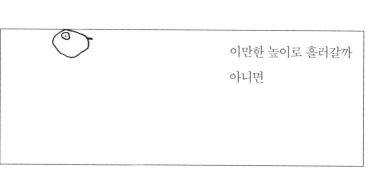

이만한 높이로 흘러갈까
아니면

이만한 높이로 흘러갈까.

하지만 가서 닿는 길은

하나인데

여기서 높고 낮음이 중요하랴.

차라리 바닥에 배를 깔고

기는 것도 괜찮을 것 같고

누워서 시름없이

명상이나 하는 것도 괜찮을 것 같고

왔던 길 되돌아보며
그리운 일들이나 더욱 그리워해 보는 것도
괜찮을 것 같고

괜찮을 것 같은데도
막상 그런 일들을 실천에 옮기면
별 낙이 없을 것 같군.

하지만 내게는 얼마간의 자유가 있지.

자유를 노래한 시인(詩人)

폴 엘뤼아르여

당신의 진실을 나는 알거니

오늘도 나는 당신의 이름을 쓴다.

흔들리는 물풀 위에도 박혀 있는 돌에도
쓰레기더미 속에도 민물 조개껍데기 속에도
세월에도 어둠에도
오염된 물 오염된 산소
기형화된 모든 물고기와 암울한 미래를 보며

나는 몸 전체로

그대 이름을 쓴다.

오, 자유!

그리고

폴 엘뤼아르!

내 일찍이 바다로 가겠다는
청운의 뜻을 품고

고향을 떠나와 이 저수지에
머무른 지 몇 날 몇 밤

오늘도 날은 저물고
막막하여라.

이 영혼 편히 쉴 자리 하나
찾지 못한 채

이 저녁엔 살아온 일들
가슴 저미고 눈물겹도다.

한평생 무슨 보람을 가지고
이 황량한 나날을 살아왔으며

벗 삼을 이웃도 없이
시름 괴나뇨.

아무도 대답지 못할
삶의 향방이여.

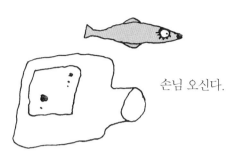

손님 오신다.

놀다 가세요.

예쁜 샥시도 있고

따뜻한 방도 있어요.

여러 가지로 논다 놀아.

천상천하 유아독존(天上天下 唯我獨尊)이라.
부처님은 그렇게 말씀하셨다지.

나 역시 천상천하 유아독존이라, 이 말에 노하는 자는
아직도 깨달음이 부족하도다.

항간에는 자기 절의 연못에 물고기를 잡아다 넣고
그 연못의 물고기를 건져서
다시 연못에다 방생하며 돈을 받는 자들이 있더라.

방생 방생 그런 방생 천만 번 소용 있을까.
.
나 같은 미물의 생각으로는 밑천 안 드는 돈벌이 같게만
생각되어 덩달아 부끄럽도다.

우선 제일 먼저 방생해야 할 것은 물욕에 매인 자기 자신이로다.

부처가 따로 없고 온갖 것이 다 부처인데
내가 한 번 천상천하 유아독존이라 했다고
발끈발끈 하는 이 그 누굴꼬, 발끈발끈 자주하면
천상천하 유아독종(天上天下 唯我毒種)이 되는 수가 있도다.

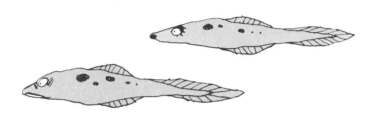

그놈의 하얀 올챙이가 어딜 갔을까?

미스터 가, 난 도무지 당신을
이해할 수 없어요.

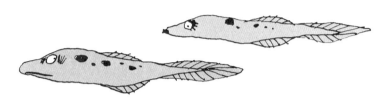

이 저수지에 있는 영양가 높은
식품들은 모두 외면하고
왜 그 하얀 올챙이만
찾아다니는 거죠?

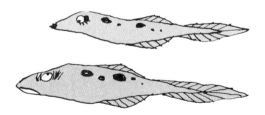

당신 혹시 그 올챙이에게서
지적 열등감이나,
라이벌 의식 같은 거라도
느끼시는 거 아니에요?

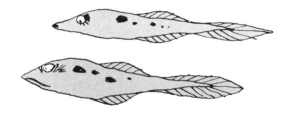

닥쳐. 이 무식한 깔치 가물치야!

그 하얀 올챙이는 이 지구상에 단 한 마리뿐이야.

그 올챙이를 먹는다는 건 이 지구상의 하얀 올챙이 전부를

나 혼자서 먹는 것이라는 사실을 알라구.

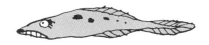

괜히 신경질이야.

가물치는 눈에다 불을 켜고 그 하얀 올챙이를 찾아 헤매기 시작했는데 그건 배가 고파서가 아니라 단순한 권위 때문이었더라.

하지만 권위란 무엇인가?

진실로 권위 있는 것은 비록 권위 없는 미물들이라 하더라도 그것들의 권위를 높여주고 자신의 권위를 낮추려고 하는 법이로다.

그리고 자기 자신에 의해서 높아지는 것이 아니라 남들에 의해서 높아지는 것이로다.

그러나 서양 속남에 금으로 만든 샌들을 신었어도 어디까지나 원숭이는 원숭이다라는 말이 있더라.

얼마나 명쾌한가.

가물치가 이 지구상에 단 한 마리밖에 없는 그 하얀 올챙이를 잡아먹는다 해도 가물치는 어디까지나 가물치에 불과한 것이다.

이번엔 절대로 안 놓친다!

잠깐!

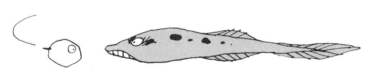

당신이 정말 강하다면
전혀 서두를 필요가 뭐 있겠소?
가물치로서의 품위를 지키시오.

겨우 나 같은 올챙이 한 마리를

잡기 위해

그렇게

허겁지겁 쫓아온다면

다른 동물들이 당신을 어떻게

존경할 수 있겠소.

인간들도 체통 있는
양반 신분일수록
슬로비디오로
행동하는 법이오.
최소한의 거드름 정도는
피울 수 있으셔야지.

하긴 그렇군.

그럼, 다시 도망쳐봐.

어흠! 이리 오너라아.

그러다 결국 먹이는 놓쳐버리고
체통이니 품위니 하는 것들이

정작 체통이니 품위 없는 자들의 겉옷에 불과하다는
교훈만 얻은 셈이군.

시꺼!
화장실을
찾고 있는 중이야.

도대체
뭘하고
있는 거니?
혼자서 탁구라도 치고 있는 거니?

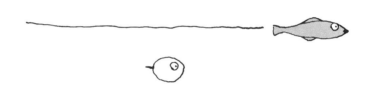

무슨 일이 생겼나?

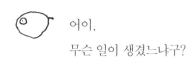

어이,

무슨 일이 생겼느냐구?

혹시 화장실을 찾고

있는 건 아닌가?

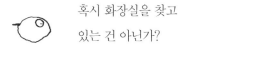

도덕적인 소리 하고 있네.

이건 그저 물고기들의
습관에 불과한 거야.

그런데 지금까지 이 하얀 올챙이의 모든 행동거지를 쫓아다니며 엿보아온 작은 동물이 있었으니 고놈은 바로 아래와 같이 생긴 꼬마 올챙이였더라.

우리들 올챙이 중에도

저런 분이 계셨다니, 정말로 존경스럽다.

스승으로 모시고
가르침을 받아야겠어.

그런데 피부색이 검다고
혹시 인종차별 같은 건 안 하실까?

싸부님!

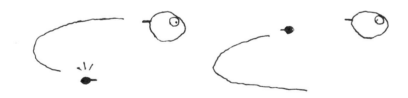

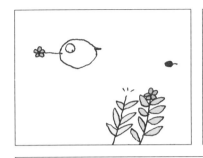

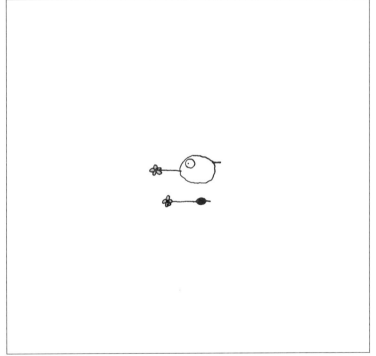

제법 귀여운 놈이군.

따라 오너라.

네, 싸부님!

싸부님이라니

경망스럽다. 사부님이라 불러라.

.

아, 된발음으로 말하면
경망스러운 것이로군요.
그런데 왜 인간들은
아이들을 경망스럽게
키우려고 들까요.

그게 무슨 소리냐?

글자를 아는 물고기가 물에 떨어진
비닐봉지를 읽는데 대개가
된발음으로 되어 있었어요.
짱구, 새우깡,
꼬깔콘, 꿀꽈배기, 쌍쌍바,
짜장면, 빼빼로⋯⋯. 모두가
애들이 먹는 거라면서요.

언어는 마음의 거울이니라.

마음이 각박하면

자연히 되고 거센

발음을 자주 내뱉게 되지.

너는 부디 네 나이에
어울리는 말씨를
쓰도록 하여라.

네, 싸부님!

바람 불어 좋은 날

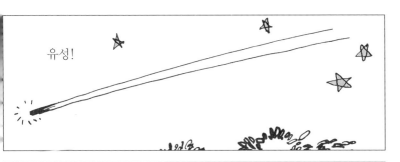

유성!

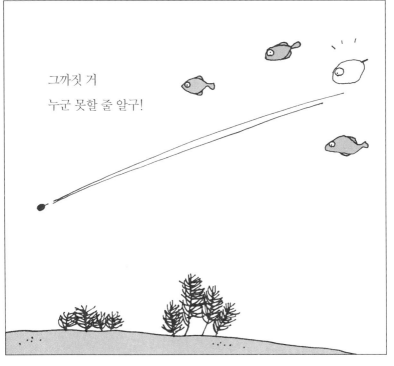

그까짓 거
누군 못할 줄 알구!

직접 만나본 적은 없지만

노자(老子)라는 사람은
도를 닦기를 물이 흐르듯이 하라고
말했다더군.

내가 가르쳐줬던가?

싸부님이

가르쳐주시지 않으셨나요.

그걸 어떻게 알았을까?

모르는 척하니까
정말로 속이시려구.

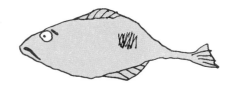

소문에 듣자 하니 도를 닦으신다고요.

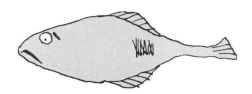

제게도 도를 좀 가르쳐주십시오.

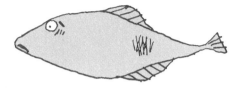

오, 물고기 중에도 제법
사고하려 드는 자가 있군요, 싸부님.

도를 도라 할 수 있는 것은 떳떳한 도가 아니요,
이름을 이름이라 할 수 있는 것은
떳떳한 이름이 아닙니다.
이름이 없는 것은
천지의 처음이요,
이름이 있는 것은
만물의 어머닙니다.

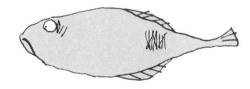

잘 알겠습니다.

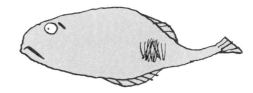

정말 도사는 다르군.
아직도 내가 낳은 새끼들한테
이름을 지어주지 않은 걸
귀신같이 알아내는군.
빨리 가서 애들 이름부터
지어주고 오라는 뜻으로 말한 거겠지.

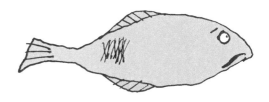

안녕하십니까?

거머리님.

또 만났군.

부디 사양치 말아주십시오.

바다에 관해

알고 싶다고 했지.

말해 주고 싶기는 한데

빈혈 때문에 말할 기력조차 없구만.

맛은 없으시겠지만

제 피라도 조금 드릴까요?

네 피로는 어림도 없어.

어디 가서 개구리라도 한 마리

데려다 주렴.

생긴 게 일차원적이니까

생각하는 것도 오직 먹는 것뿐이로군.

저런 동물이 바다를 안다는 게

이상하다니까.

사부님 정말로 개구리를

데려다 주실 건가요?

조상의 피를 팔아

내 어찌 유토피아로 가겠느냐.

차라리 시정잡배가 되는 게 낫지.

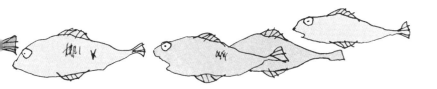

무슨 일입니까?

큰 사고라도 일어났습니까?

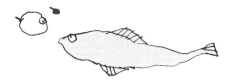

나도 몰라.

그냥 따라가보는 거야.

저게 바로 군중심리라는 거지.

떼를 지어 몰려가기는 해도

앞장선 놈밖에는

그 이유나 목적을 모르는 경우가 허다하지.

때로는 앞장선 놈조차도 모르는 수가 있어.

저런 경우를 좋아하는 건

오직 눈에 보이지 않는 낚시꾼이야.

본 저수지에서는
일부 몰지각한 물고기들이
인간들의 유행가를 배워
물고기 나름대로의 몸놀림으로
자주 흉내를 내는 풍조가 생겼는 바

본 어류 가요 정화위원회에서는
절대로 불러서는 안 될 금지곡을 선정하여
공포하노니
이후 위배되는 물고기가
한 분도 없으시기를 바랍니다.

만약 금지곡을 부르다 적발될 때에는

누구든 금지곡을 부른 물고기의

꼬리지느러미를 찢어버려도 무방하오니

각별히 유념해 주십시오.

금지곡은 다음과 같습니다.

바다가 육지라면.
낚시터의 즐거움.
고기를 잡으러…….
산이 더 좋아.

그밖에 물고기의 죽음과
연관되어지는 내용의 노래들,
시인의 안주가 되어도 좋다는
명태라는 노래 따위나

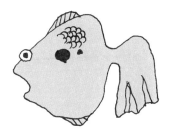

물새 또는 갈매기들에게
애정을 느끼는 식의 노래 따위입니다.

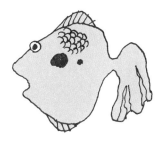

다음날

내 오늘은 너희들에게
바다에 관해서
말해 주지.

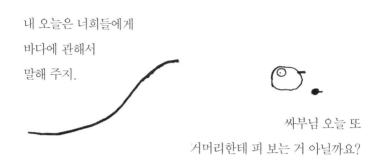

싸부님 오늘 또
거머리한테 피 보는 거 아닐까요?

꼬마야
거 무시기 소리냐?

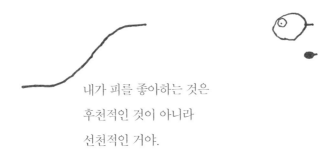

내가 피를 좋아하는 것은

후천적인 것이 아니라

선천적인 거야.

조물주의 잘못이지

내 죄가

아니라구.

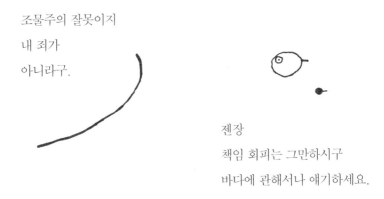

젠장

책임 회피는 그만하시구

바다에 관해서나 얘기하세요.

그러지.

바다에 관해서

말해 주지.

에 …… 또…… 뭐랄까.

바다에 관해서

말하기 전에

에 …….

어휴

뜸 꽤나 들이시네.

다시 기력이 없어지는군.

또!

애들아

이 세상에 공짜란 절대로

존재할 수 없는 거란다.

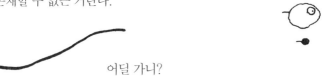

어딜 가니?

저 거머리에게 바다 얘기를 들을 수 있는 올챙이는
분명히 우으로서 생리를 하는 올챙이어야 되겠군.

거머리가 바다를 안다는 건 새빨간 거짓말이지.

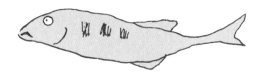

일평생 지가 언제 바다를 가볼 기회가 있었다고
다만 나한테 조금 얘기를 들었을 뿐이야.

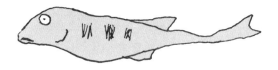

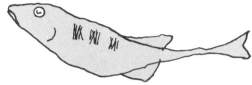

바다에 관한

얘기를 듣고 싶으면

회유어인 나 연어한테 물어봐라.

연어님께서는 또

우리에게서 무엇을 요구하시려구.

끼놈!
대양에서 잔뼈가 굵은 나를
거머리 따위에 견주다니.

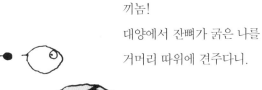

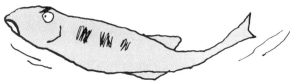

나는 다만
바다에 대한 너희들의 허영을
깨우쳐주려는 것뿐이야.

바다는 한마디로

모든 것의 무덤이며 산실이야.

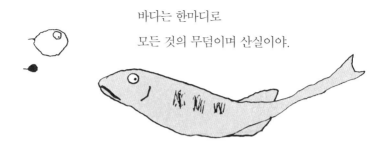

하지만 민물에서만 자란 너희들에겐

도착 즉시 무덤일 뿐이라는 사실을 알아야 해.

바다는 한마디로

모든 것의 무덤이며 산실이라는

그 말만으로도 나는

황홀하군.

그래 내가 생각한 대로였어.

그리고 마침내 확인했어.

우리는 도착 즉시

죽는다잖아요.

이 세상의 모든 생물이 언젠가는 죽는 법이거니
어떻게 살다가 죽는가가 문제로다.

바다가 만약 모든 것의 무덤이며 산실이라면
그리고 마침내 우리가 거기에 다다라 죽는다면

우리는 결국 무와 공의 자리에 안주하는 것이니라.

무덤이면 무덤, 산실이면 산실이지
무덤이자 산실이라니
바다는 제게 있어서 한마디로
아리송 해(海)인데요.

개구리 한 마리를
데리고 오라고 말한 지
며칠이 지났는데
이것들이 도통
나타나주지 않는군.

주제에
조상은 섬길 줄 아는
모양이지.

개구리 말고 다른 동물을
데리고 오라고 말할걸.

나는 왜 이렇게
머리가 둔할까?

아니야 용기를 내야지.

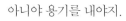

내가
어때서?

나는야 품위 있는 거머리
작위로 치자면 백작이지.

다른 동물들은 나를
흡혈귀라고 비난하지만

드라큘라도 백작인데
나라고 백작이 아닐까?

언제나 백작이니
공작이니 하는 것들
뒤에는

적당히 피냄새가 숨겨져 있는 법이라네.

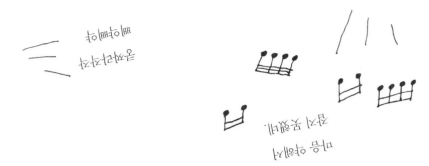

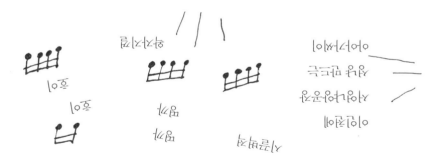

또 저수지가에 인간들이
놀러 나온 모양이로군.

히 히 히

흐느 적

흐느 적

이상한데요.

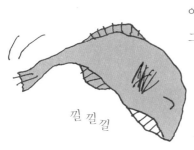

아저씨 왜 헤엄을

그렇게 치시죠?

끨 끨 끨

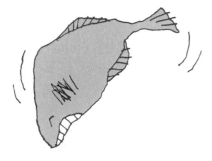

누가

간지르기라도 했나요?

넌 누구냐?

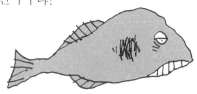

올챙인데요.

참견 마라.

술 취면 다 그런 거야.

술 하면 오마르 카이얌이라는 시인이 떠오른다.

퇴폐주의란 정말로 우리에게 쓸모없는 것인가?

러시아 출신의 어느 대문호는

퇴폐주의가 퇴보를 초래한다고 말했는데

과연 그런가?

그렇다면 보들레르나 랭보나 오스카 와일드는 인간의 무엇을 퇴보시켰는가?

훌륭한 식탁이란 설탕과 참기름과 미원만으로만 만들어지는 것은 아니다.

쓰고 맵고 짜고 신맛을 내는 것들도 섞여야 한다.

인생도 마찬가지다.

빛과 웃음만의 인생이란 그 누구에게도 존재할 수가 없다.

어둠과 눈물도 항시 곁에 붙어 다닌다.

진실로 인간을 퇴보시키는 것은 퇴폐주의가 아니라

이기주의다.

하지만 그놈의 주의라는 게 정말 있어야만 하는 것일까?

그렇다면 곧 이 지구상에

퇴퇴퇴주의라는 것이 도래할는지도 모른다.

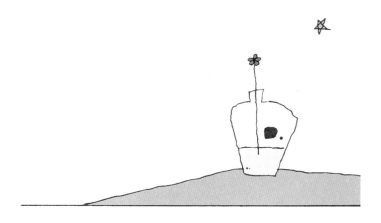

내게는 아무것도 아닌 것처럼
생각되어지는 것이

남에게는 목숨을 걸 만큼이나
중대한 의미를 가지는 경우가
허다하단다.

그러니 비록 하찮게 보이는
일이라도

무조건 남의 일이라면
우습게 생각하지 말아야지.

저 달팽이만

하더라도 그렇지.

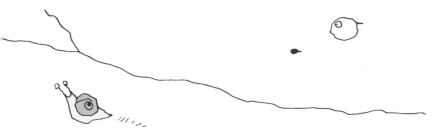

하루

이틀

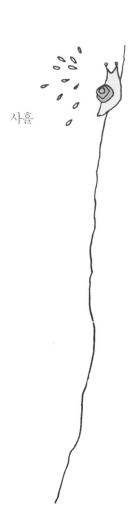

사흘

304

이럴 땐
헤엄을 칠 줄 안다는
사실조차 부끄럽지 않니?

스톱!

그대는 뉘시뇨?

 일본 순사 올챙이다.

저것들이 그냥 가네.

일본 순사라는 게 무슨 뜻이죠?

그건 바로 실성한 자라는 뜻이란다.

내 오늘은 네게 잡기에 대하여 가르쳐주겠다.

네, 싸부님!

지금부터 물 속에 있는 풍경들을 잘 보도록 해라.

이게 흑싸리 껍데기라는 거고,

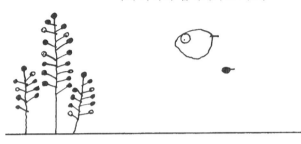

이건 흑싸리 열끗짜리.

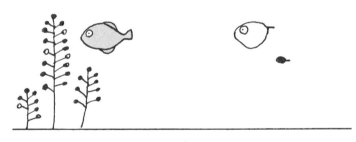

이건 팔공산 열끗짜리.

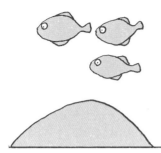

이건 홍매화 열끗짜리로 치자.
그리고 이 세 가지의 풍경을
모두 합치면
바로 고도리라는 게 된다.

311

그다음엔 당구를
가르쳐주지.
우선 스리쿠션이란 게
어떤 건지 보여주마.

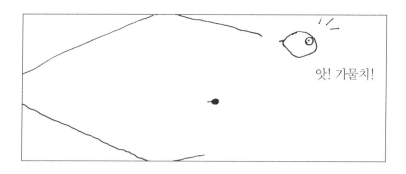

앗! 가물치!

이게 바둑에서

바로 아다리라고 하는 거지요.

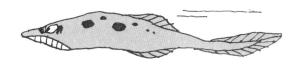

싸부님 심부름을 가는 길에
고요히 물에 비친 풍경 하나
뭔가 느낌이 오는군.

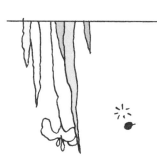

이제야 알겠다.

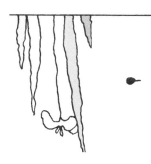

사부님께서 이런 게 네 컷이면
초약이라고 하셨지.

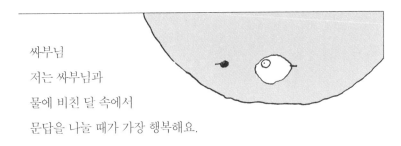

싸부님
저는 싸부님과
물에 비친 달 속에서
문답을 나눌 때가 가장 행복해요.

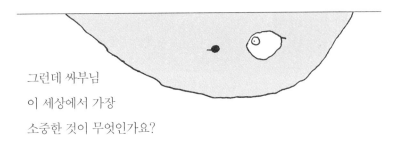

그런데 싸부님
이 세상에서 가장
소중한 것이 무엇인가요?

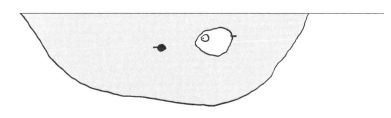

물론 가장 소중한 것이지.

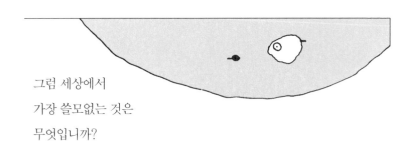

그럼 세상에서
가장 쓸모없는 것은
무엇입니까?

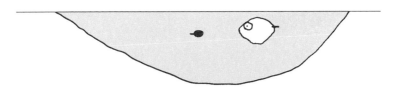

물론 가장 쓸모없는 것이지.

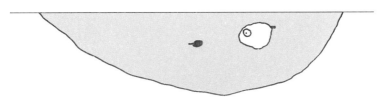

어째 가르치심이

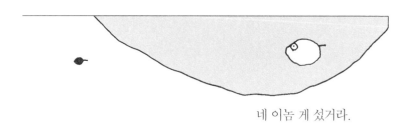

네 이놈 게 섰거라.

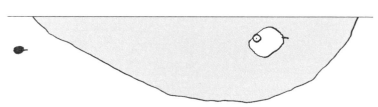

내 가르침이 신통치 않은 것이 아니라
가르침을 받을 네 그릇이 부족한 줄은 모르느냐.

너는 지금 맞는 말이라고 반드시
정답은 아니라는 걸 배웠느니라.

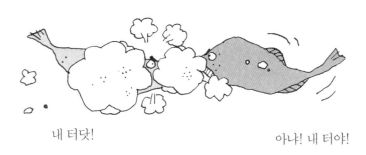

내 터닷!

아냐! 내 터야!

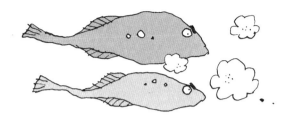

멈추시오.

덩어리가 그렇게 큰 물고기들이

그깟 일로 싸우긴

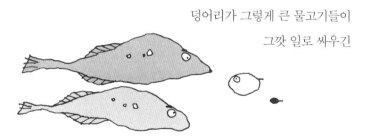

323

내가 판결을 내려 드리겠소.

태초에 하느님이 천지를 창조하셨는데 그 후 세월이 흘러, 아브라함이 이삭을 낳고 이삭은 야곱을 낳고 야곱은 유다와 그의 형제를 낳고 유다는 다말에게서 베레스와 세라를 낳고 베레스는 헤스론을 낳고 헤스론은 람을 낳고 람은 아미나답을 낳고 아미나답은 나손을 낳고 나손은 살몬을 낳고 살몬은 라함에게서 보아스를 낳고 보아스는 룻에게서 오벳을 낳고 오벳은 이새를 낳고 이새는 다윗왕을 낳으니라……

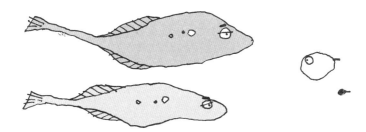

다음은 요한복음으로서

에또······.

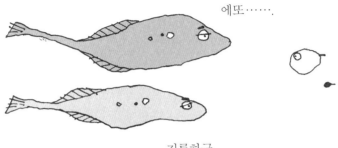

지루하군.

우리가 왜 여기 있지?

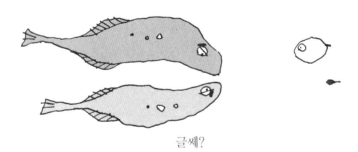

글쎄?

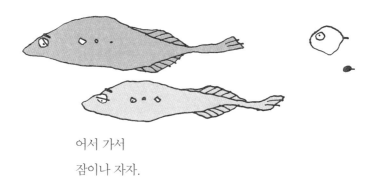

어서 가서
잠이나 자자.

역시 성경의 위력은
어떤 의미에서건 대단하군.

그런데 저 한심한 기억력들이라니.

나중에 낚시에 걸렸다가

요행히 풀려나더라도 틀림없이

몇 번이나 거듭 또 입질을 하게 될 거야.

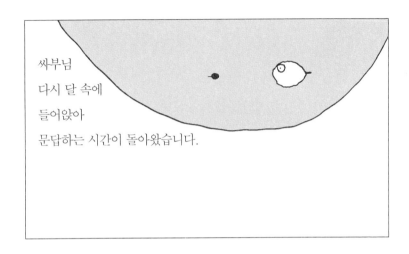

싸부님

다시 달 속에

들어앉아

문답하는 시간이 돌아왔습니다.

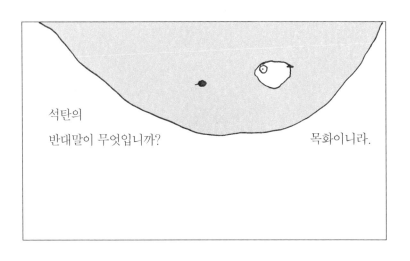

석탄의

반대말이 무엇입니까?   목화이니라.

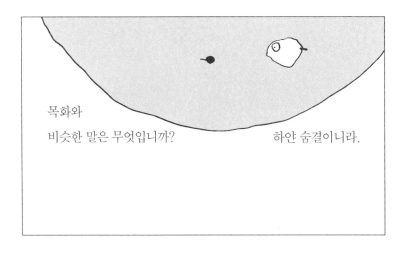

목화와

비슷한 말은 무엇입니까?   하얀 숨결이니라.

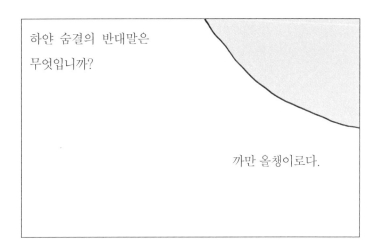

하얀 숨결의 반대말은
무엇입니까?

까만 올챙이로다.

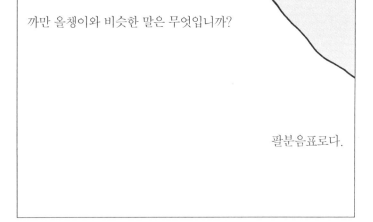

까만 올챙이와 비슷한 말은 무엇입니까?

팔분음표로다.

팔분음표의 반대말은 무엇입니까?

한숨이 어떻겠느냐?

한숨의

비슷한 말은 무엇입니까?

그믐밤이지.

그럼 그믐밤의 반대말은 무엇입니까?

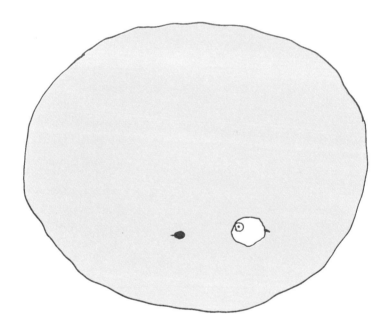

본디 산 속에서는 산이 잘 보이지 않는 법이니라.

싸부님 왜 물 위쪽이

며칠 동안 저렇지요?

저게 바로 장마비라는 거란다.

저 비가 그치면 여름이 끝나고
이어 가을이 오리.

그 옛날 내가 살던 두메산골
작은 웅덩이에도 가을이 오면
물빛조차 단풍이 들어 활활 타더라.

노인은 동자더러 이르기를

모름지기 인간은 저 물과 같아서

모든 것에 제 가슴을

열어주고

가슴 안에 들어온 것의 빛깔로
활활 탈 줄도 알아야 하느니

동자야 너도 이 가을엔 물이 되어
잎이 피고 지는 뜻을
깨달으라 하더라.

인간은 어이해서 인간으로 태어나며
올챙이는 어이해서 올챙이로
태어나는가?
전생에서 모두가 자신이 원했던 일

억울하고 한 될 것이 하나 없어라.
이러히 사는 것도
아주 잠시뿐
언젠가는 죽어
또 다른 생명으로 환생하리니

언제나

마음에 티끌을 묻히지 말고 살 일이로다.

무궁화꽃이
피었습니다.
무궁화꽃이
피었습니다.
무궁화꽃이
피었습니다.

무궁화꽃이
피었습니다.
무궁화꽃이
피었습니다.

언제 들어도
고운 내 목소리.

어딘가에서
듣고 있을 나의 우를 위하여

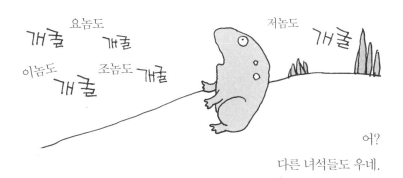

어?
다른 녀석들도 우네.

질소냐?

애야.

저게 바로 소음공해라는 거란다.

사람들은 붕어를 가리켜
입질이 담백하다는 둥
고기 중의 신사라는 둥
칭찬을 늘어놓지만

붕어여 자만하지 말라.
그놈의 담백한 입질과
신사적인 행동 때문에
그대들은 쉽사리 목숨을
잃고 만다.

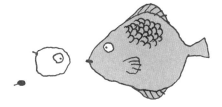

솔직히 말해서 가장 담백하고
신사적인 행동은

마음 안에서 물욕이나 허영 따위를
배제한 상태에서만 가능한 법.

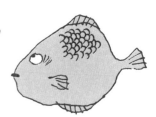

인간들의 칭찬 속에는

특히 날카로운 바늘이 감추어져 있다는 걸 명심하라.

어디로 갔지?

꿀꺽했다.

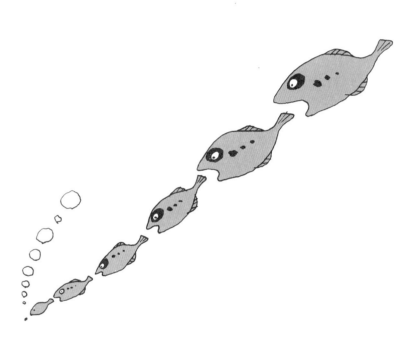

싸부님, 우리는 무슨 이름의 전차일까요?

얘야, 우리는 한갓 이름 없는 올챙이니라.

하지만, 그럴듯한 이름을 갖고 싶어요.

흑백의 기사라든가.

The Great Tadpoles(위대한 올챙이들)라든가.

그런 이름을 가져서

어디에다 쓰겠단 말이냐?

다만 제 개인적인 허영을 충족시키는 데

써먹자는 거죠 뭐.

가끔은 나도 조용하고 아늑한

안식처를 갖고 싶구나.

방황은 그만하고

어디에든

정착을 하고 싶구나.

안식처라면

제가 눈여겨봐둔

곳이 있어요.

따라오세요.

어떻습니까? 싸부님

이건 한옥인데 선이 상당히 우아하지요?

이건 양옥이로구나.

지은 지 얼마

안 되는 모양이지,

삐에르 가르댕이란 글자가 선명한데.

그리고 싸부님

이 햇빛 잘 드는 지역의

뜨거운 양철지붕은 어떻습니까?

저 아파트는 거들떠보지도 마세요.

부실공사예요.

곧 무너질 거예요.

전면에 유리로 되어 있는

이 태양열 주택도 싫으세요?

이 유흥가는 물론

싫으시겠죠?

딸국!

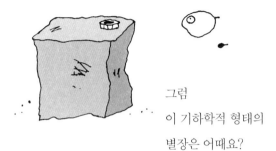

그럼
이 기하학적 형태의
별장은 어때요?

역시 인간들이 버린
잡동사니 속에다
내 영혼을 편히 쉬게
할 수는 없을 것 같구나.
돌아가자.

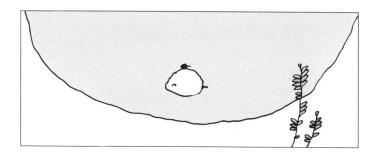

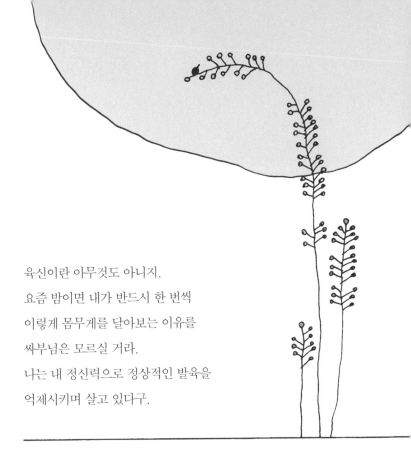

육신이란 아무것도 아니지.
요즘 밤이면 내가 반드시 한 번씩
이렇게 몸무게를 달아보는 이유를
싸부님은 모르실 거라.
나는 내 정신력으로 정상적인 발육을
억제시키며 살고 있다구.

달이 뜨는군.

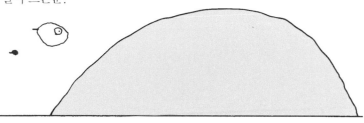

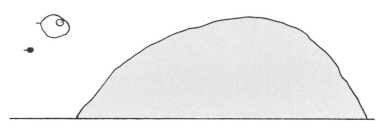

다시

문답을 나눌

시간이군요.

가만 있자…….

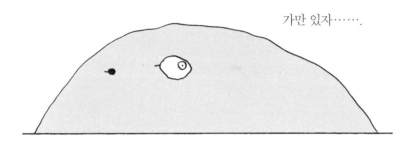

오늘은 여기서 한번
공부해 보자.

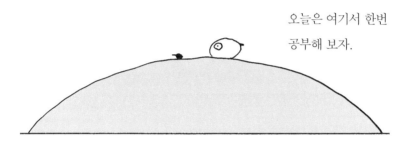

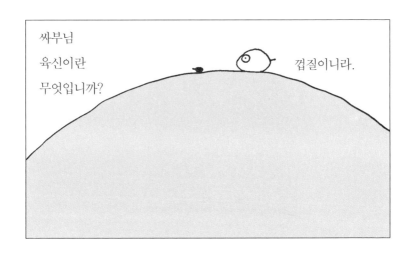

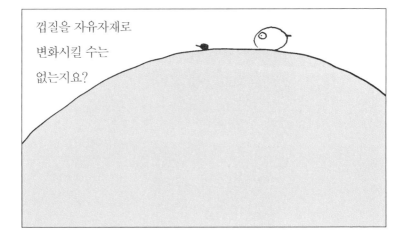

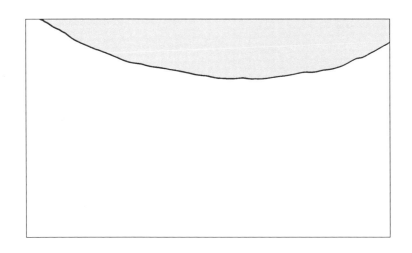

왜 없겠느냐.

본디 모든 생명체는 육신과 정신과 영혼 이 세 가지를 가지고 태어났으며 그것을 모두 관장하는 것이 바로 마음이니라. 깨달음을 얻어 진정한 마음의 밭을 일구어놓으면 거기다 자신에게 필요한 여러 가지 씨앗을 뿌릴 수가 있으니 그 씨앗이 싹트고 자라 열매 맺기를 기다렸다 때가 되어 거두어들이면 되는 것이니라.

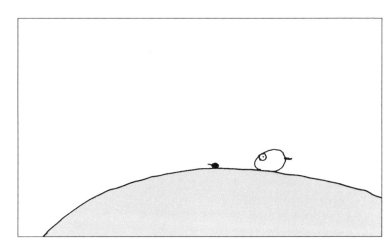

지구상에 있는 모든 생명체의 육신은
지구상에서 만들어지나
정신과 영혼은 우주에서
얻은 것이로다.

끊임없이 마음을 닦아 도에 이르면
누구나 우주와의 합일감을 얻게 되고
자신이 신에게서 떨어져 나온 하나의
개체임을 알게 되노라.
우리가 죽게 되면 어떻게 되겠느냐?
지상에서 일은 육신은 지상에다 되돌려주고
천상에서 얻은 정신과 영혼은
천상에다 다시 되돌려주느니라.
그렇다고 자아가 없어지느냐 하면
그렇지는 않아서 사후 또 다른 요소와 결합하여
적합한 세상으로 거듭 태어나게 되는 것이니
이러한 것을 알게 되면 눈앞의 현실이 어찌 대수로우랴.
그러나 마음이 잡한 생각으로 가득 차 있으면
우주의 진의가 들어갈 자리가 없도다.

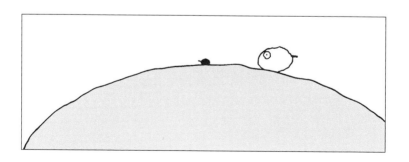

곧 우리는 바다로 가게 되리라. 그리고
거기서 천상의 세계를 보게 되리라.
그때까지 너는 부디 정신을 수시로 가
다듬고 마음을 청명하게 비워놓아라.
아니 그런데 이 녀석이 어디로 갔지.

소변 좀 보고
오는 길이에요.

아니

웬 먹이들이 저렇게 많지?

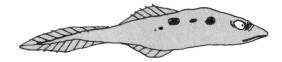

마치 단체손님을 받을 준비를 끝낸 식당 같군.

어서 오십시오.

기다리고 있었습니다.

애야, 이제 시작하거라.

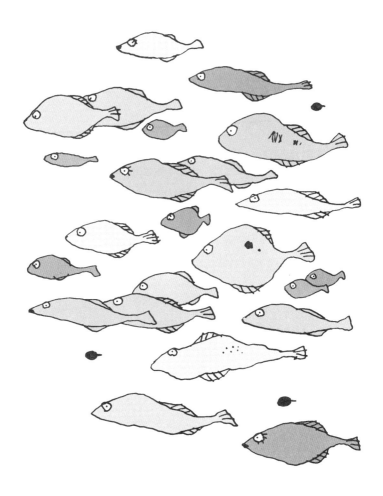

오등(吾等)은

자(玆)에 아(我) 한국 수중생물의
독립저수지임과 그 독립저수지의
자주 수중생물임을 선언하노라. 차
(此)로써 자손만대에 고(告)하야 전
생물 평등(平等)의 대의(大義)를 극

명(克明)하며 차(此)로써 자손만대
에 고(告)하야 약한 생물의 바른 권
리를 영유(永有)케 하노라. 수억 년
역사의 권위를 장(仗)하여 차(此)를
선언함이며 수억만 생물의 성충(誠

忠)을 합하야 차(此)를 포명(布明)함이며 과목종속명의 항구여일(恒久如一)한 자유생활을 위하야 차(此)를 주장함이며 지구적 양심의 발로에 기인한 자연보호의 대기운에 순응병진(順應幷進)하기 위(爲)하야 차(此)를 재기함이니 시(是)천(天)의 명명(明命)이며 시대의 대세이며 전 생물 공존공생권의 정당(正當)한 발동이라 천하하물(天下何物)이든지 차(此)를 저지억제(沮止抑制)치 못할지니라. 구시대의 유물인 침략주의 강권주의의 희생을 작(作)하야 약자를 닥치는 대로 먹어

유식한 글자들이 앞을 가로막아

도저히 접근할 수가 없군.

치우는 근성을 버리지 못한 지금에
몇만 년을 과(過)한지조차 모르는
지라. 아 생존권의 박상(剝喪)됨이
무릇 기하(幾何)며 수중생물들의
존영의 훼손됨

안타깝고 슬프지만
포식에의 꿈을 버려야겠네.

이 무릇 기하(幾何)며 신예(新銳)와
독창으로써 수중문화의 대조류에 기
여보비(寄與補裨)할 기연을 유실함
이 무릇 기하(幾何)뇨. 아, 슬프다.

역시 지식이란

뭔가 나를 켕기게 만든단 말씀야.

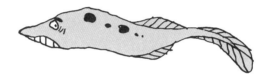

싸부님, 쿠오 바디스.

지금 우리는 어디로 가고 있나이까?

바다로 가기 위해

출구를 찾고 있느니라.

왜 하필이면 바다로 가야 하나이까?

바다가 거기 있기 때문에
바다로 갈 뿐이로다.

그럼 올챙이가 여기 있는데도
왜 바다는 이리로 오지 않는지요?

너는 그 질문의 대답을 내가 할 수 있지없지않지
않다고 생각하느냐 아니면 없지있지않지
않거나 또는 그 반대의 반대에
반대의 반대라고 생각하느냐?

싸부님

꼭 우리는

떠나야만 할까요?

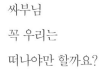

어쩌면

싸부님이 찾는 바다란

이 세상에 없는지도

모르는데.

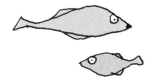

우리도 다른 동물들처럼

이 저수지에서

평범하게 사는 게

어떨까요?

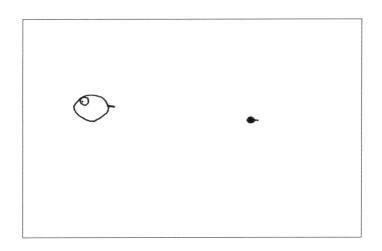

갑자기 외로워지는군.

막막하고

희망도 긍지도 없는 존재가 되어버린 것 같은데

역시 바다로 가고 있다는 것은 희망이요
긍지였어.
그 희망이나 긍지조차 없다면
내게는 현실이 아무런 의미도
없는 것일는지도 몰라.

하긴 그래.
올챙이로 태어나 겨우 개구리가 된다는
것은 희망이나 긍지는 될 수가 없겠지.

인간들은 어떻게 생각할까?
인간으로 태어나 겨우 늙은이가 되고
틀니나 해넣는 것을 희망이나 긍지라고
생각할까?

자 여기가 어디인가?

대답해 보시라.

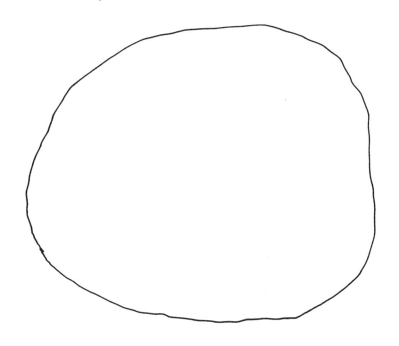

강원도 어느 두메산골의 웅덩이라고 말한다면

그대는 기억력은 좋으나 응용력은 빵점이로다.

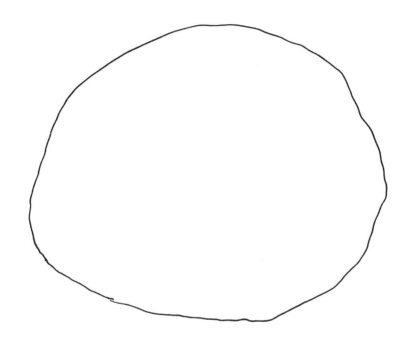

이것은 그냥 하나의 평범한 원에 불과하다.

그대여,

이 한 마리 올챙이에게 어떤 의미를 부여해 줄 것인가?

전생에 이 올챙이가 어느 외로운 인간이었다고는 생각되어지지 않

는가?

그는 한평생 달빛과 구름과 하늘,

꽃과 바람과 물풀 따위나

사랑하며 살았었다.

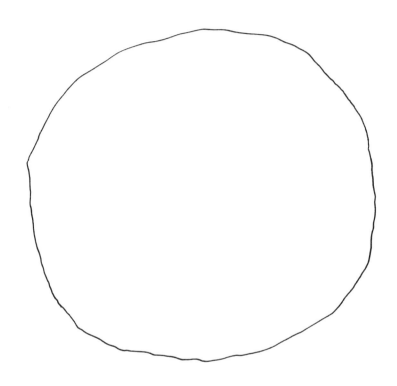

그리고 나머지는 이 평범한 원 속에 그대가 써넣어보시라.

바로 이러한 의미가 될 때까지.

이제 곧 그들은 이 저수지를 떠날 것이다.

◉

떠나기 전에 생각해 보자.

도대체 이 그림 속에 무엇이 들어 있는가?

사실 이 그림 속에는 아무것도 들어 있지 않다.

이 그림은 그저 작은 원 안에 점 하나만 찍혀 있을 뿐 특별한 의미가 없다.

그러나 정말 그럴까?

제게도 아픈 돌 하나를……

어느새 겨울입니다.

보이지 않는 돌들이 무수히 날아다니는 세상을 살아오면서 자주 무력한 것들에 대해 생각해 본 적이 있습니다. 그리고 또 더러는 버림받은 것들에 대해서도 생각해 본 적이 있습니다.

저는 전생에, 고래들이 싸우면 등이나 터지면 되는 한 마리 새우, 또는 누구에게나 죽어 살아야 하는 지렁이나 올챙이는 아니었을는지요.

그중에서도 올챙이는 정말 외롭고 서럽습니다. 지렁이는 밟으면 꿈틀이라도 한다지만 올챙이는 밟으면 반항 한 번 못 하고 죽습니다. 정상적으로 성장하여 개구리가 된다 해도 뱀과 새들이 있는 한은 별 낙이 없을 것입니다.

생명 있는 모든 것들이 어떻게 태어나서 어떻게 살다가 어떻게 죽어가는가를 생각하면 여러 가지 이유에서 눈시울만 젖어옵니다.

가련하게도 저는 아직 소설로써 그런 것들의 터럭 한 올조차도 제대로 표현할 만한 능력을 얻어내지 못했습니다. 그래서 이 여름부터 가을까지 골방에 틀어박혀 다 상한 폐를 어루만지며 이런 책 한 권을 만들어보았습니다. 소설로써는 제대로 그 뜻을 전달할 수 없었던 말들이 여기 담겨서는 조금이나마 소생해 줄 것인가 하는 기대감 때문에서였습니다.

그러나 결과는 역시 무력감뿐입니다. 건강이 좀더 회복되는 대로 다시 한 번 이 작업에 도전할 생각이지만 저를 아껴주신 독자들께는 몹시 송구스러운 마음뿐입니다.

부디 제게도 아픈 돌 하나를 던져주시기 바랍니다.

1983년. 이외수

이 책은 『사부님 싸부님 1』(영학출판사, 1983)을 컬러링하고 재편집한 개정판입니다.

사부님 싸부님 1

초판 1쇄 1983년 12월 9일
개정판 1쇄 2009년 12월 10일
개정판 3쇄 2010년 1월 30일

지은이 | 이외수
펴낸이 | 송영석

편집장 | 이진숙 · 이혜진
기획편집 | 차재호 · 김정옥 · 정진라
외서기획 | 박수진
디자인 | 박윤정 · 박새로미
마케팅 | 이종우 · 한명회 · 김유종
관리 | 송우석 · 황규성 · 전지연 · 황지현

펴낸곳 | (株)해냄출판사
등록번호 | 제10-229호
등록일자 | 1988년 5월 11일

서울시 마포구 서교동 368-4 해냄빌딩 5 · 6층
대표전화 | 326-1600 **팩스** | 326-1624
홈페이지 | www.hainaim.com

ISBN 978-89-7337-228-7
ISBN 978-89-7337-227-0 (세트)

영혼에 찬란한 울림을 던지는 이외수의 시와 에세이

이외수의 소생법
청춘불패
그대가 그대 인생의 주인이다
영혼의 연금술사 이외수의 처방전

이외수의 소통법
여자도 여자를 모른다
사랑을 잃고 불안에 힘들어하는 이 시대에 보내는
영혼의 연금술사 이외수의 감성예찬

이외수의 사랑예감 詩
그대 이름 내 가슴에 숨 쉴 때까지
사랑함에 느낄 수 있는 여덟 가지 감성
이외수, 사랑과 그리움의 미학

이외수 명상집
사랑 두 글자만 쓰다가 다 닳은 연필
사랑보다 아름다운 말이 어디 있으랴
이외수가 노래하는 애틋한 사랑의 미학